星野富弘

ことばの雫

新版

Hoshino Tomihiro
Kotoba no Shizuku

Forest Books

星野富弘プロフィール

1946年　群馬県勢多郡東村(現・みどり市)に生まれる。中学生の頃から登山を始め、高校では器械体操部に所属。

1970年　群馬大学教育学部体育科卒業後、中学校の体育教諭になる。クラブ活動指導中に頸髄を損傷し、首から下の運動機能を失う。以後、9年に及ぶ入院生活が始まる。

1972年　群馬大学病院に入院中、口に筆をくわえて文や絵を書き始める。

1974年　病室でキリスト教の洗礼を受ける。

1979年　入院中、前橋で最初の作品展を開く。9月に退院し、故郷の東村に帰る。

1981年　雑誌・新聞に詩画作品やエッセイを連載、出版。4月、結婚。

1982年　高崎で「花の詩画展」を開催。以後、国内外で詩画展を開いている。

1991年　郷里に東村立(現・みどり市立)富弘美術館開館。その後、ニューヨークやハワイ、サンフランシスコ、ロサンゼルスなどで詩画展開催。

2003年　ワルシャワ国立博物館での展覧会に招待出品。

2006年　群馬県名誉県民となる。

2011年　群馬大学特別栄誉賞受賞。

2021年　富弘美術館開館以来の入館者が700万人を超える。

2024年　4月28日、逝去。

もくじ contents

本文写真／星野昌子（＊印以外）

カバー写真／小林 恵

優しさに感染する詩画

編者　熊田和子

星野富弘さんの自伝『愛深き淵より。』は、多くの人に衝撃を与えました。そればかりか、今なお人々の心をとらえ続け、初版発行以来版を重ねて、すでに二百万部を超えています。また、次々に出版されている詩画集の多くはミリオンセラー、各地で開催されている詩画展には大勢の人がつめかけています。

人々が何十年にも亘って感動し続けている源泉は、星野さんの詩画の優しさ、ユーモアのあることばの温かさです。二十四歳で大けがをし、死線を彷徨《さまよ》った末に苦難を乗り越えて生きてい

る強さは衝撃的ですが、それが全てではありません。

年月を経ても青年のような瑞々しい感性と、感動する心を持つ星野さんの内面から湧き出てくる世界は、痛みを持つ人々の心にそっと寄り添ってくれます。強く生きるための答えが描いてあるわけではないので、詩や絵と向き合うことで、自分の内側に素直に目を向けることができるのです。押し付けでないことばが、嬉しく響いてくるのです。

星野さんの作品には、息子が大けがをした時、「自分の命を切り刻んでも、生きる力を富弘の体に送り込みたい」と願った母の愛、星野さんを育てはぐくんだ故郷の山や川、幼なじみや山仲間たちとの宝物のような思い出の数々がつまっています。それらが、星野さんの生きる力、創作の源となっているのではないでしょうか。

そして何よりも、闘病のさなかに知った神の愛。聖書を通して星野さんは前向きに生きていく勇気と、「自分は生きていていいのだ！」という喜びを受け止めました。

その神さまが出会わせてくださったのが、パートナーとなった昌子さん。入院中の星野さんを八年間も見舞い続け、ついには、星野さんがプレゼントした「らん」の絵を持って東村にお嫁に来たのです。二人の間に結婚への思いが自然に育っていく中で、昌子さんは苦しくなって、「愛することをやめさせてください」と祈ったこともありました。愛の芽を無理に摘み取っていたという昌子さんは、結婚してからは気持ちが楽になったといいます。

結婚後は、お母さんに代わって昌子さんが詩画制作の協力をするようになりました。独特の美しく微妙な色彩は、星野さんの指示することばと、忠実に絵の具を混ぜ合わせる昌子さんの繊細な感性から生まれてくるのです。それは、気の遠くなるような手間のかかる作業です。

「詩画作品は自分たちの子どものようだ」と、星野さんはよく言っていました。二人の祈りと愛が込められた作品だからこそ、多くの人の心に届き、潤し、希望を見いだし、優しさに感染してしまうのではないでしょうか。随筆家の岡部伊都子さんは、それを、「多くの魂を納得させてくれる」作品であると書いています。

星野さんの身体は、つねに命の危機と隣り合わせ

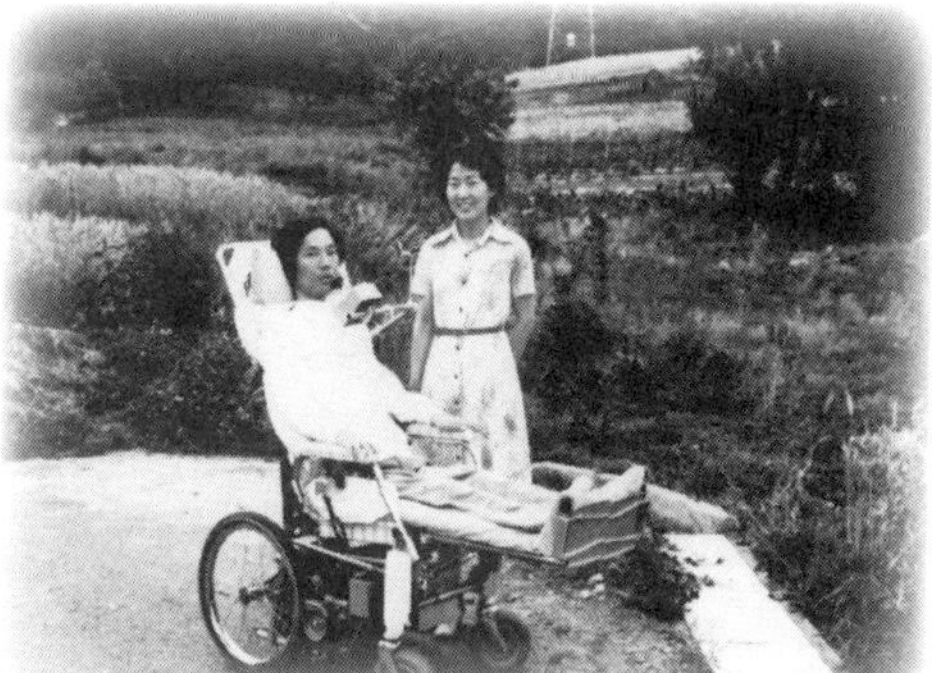

＊婚約時代に

でした。「生きることにも締め切りがある」とあるように、死と向かい合わせの毎日でもありました。だからこそ、「一日一日生かされていることが不思議な恵み」という思いで日々を大切に歩む……その中から人の心を打つ詩画が生まれて来るのです。

本書は、数々の詩画集や著作の中で、星野さんが若い時代から綴ってきたことばの中から選び、編集したものです。それぞれの単行本に納まっていた時と、また別の味わいで受け止めていただけるのではないでしょうか。

Chapter 1

ふるさとの自然のなかで

山の花には
静けさが 染みこんでいる
静けさと寂しさのちがいを
知っているものの
強さと
安らぎがある
ギボウシ

山の花というのは、人が見ようが見まいが、
まったく関係なく
きれいに咲いています。

病室にはあまり色がないですから、
それ以外の色を塗るのが心細いというか、勇気がいります。
だから、退院して
東村の自然の中で暮らすようになって、
四季の色が自由に使えるようになりました。

葉は花の色を助け、
花は葉の色と形をそこなわずに咲いて、
一枝の花とはいえ、
広大な自然の風景を見る思いだった。

人間を取り巻く大きな自然を
もっともっと深く見て、
自分が生かされているということに気づいて、
感謝の心がもてたらいいということです。

自然の懐に住みながら、
人間はあまりにも自然を傷つけてしまった。
触るとはじける鳳仙花《ほうせんか》の実を造った自然。
触ると爆発する地雷を作ってしまった人間。

高い所は山、低い所には川。
くしゃみもせず、寝がえりもうたずに
静かに横たわっていてくれる
自然の脇の下で、
人々が平和に暮らしている。

四、五日で散ってしまう花だけれど、その花を見ていると、
喜びの裏側にある、生きていることの悲しみみたいなものが、
静かに迫ってくるような気がした。
人がどんな気持ちでながめようと、
さくらはさくらの色を少しも変えやしないし、
散りかけたものは一秒だって待つわけではなかった。

形あるものは、かならずなくなるけれど、
その心は、いつまでも残り、静かに、
私の生きる力になっているということでした。
散ってゆく花の横に、開きかけたつぼみがあり、
枯れた一つの花のあとには、いくつもの実が残されます。

私の背後に、
山でまきを切っている父がいることも、
手を真っ黒にしてしぶ柿の皮をむき、
軒にぶら下げている
母がいることも、町は知らなかった。

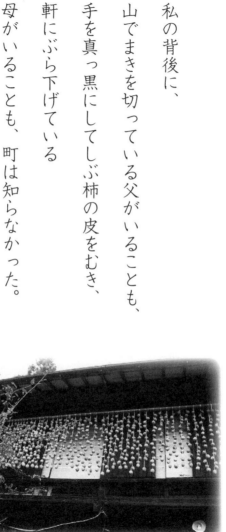

やっと命を取り留めた私は、その後、

「このまま目覚めないでくれたら……」

と思いながら眠りについたことが何度もあった。

しかし、あれから十数年後の今、
私はけっこう幸せだと思いながら、毎日を送っている。

私は小さい頃からけがをするまで、
自分のふるさとはあまり好きではなかったんです。
とにかく早くふるさとを飛び出したい、
ふるさとから離れたところで生活したいという
思いがいつもありました。

故郷以外のものを見つけようとして
探して歩いた道は、
無意識のうちに
故郷へ通じる道ばかりだった。

故郷を出て故郷が見え、失って初めて
その価値に気づく……
故郷は想像をはるかに超えて温かく
私を迎えてくれました。

両手を広げて待っている
あの山のふところで、
これから、
私にしかできない
文字をつづっていこう。

これから私の歩いていく道には、どんな峠があるだろう。
泣きながら登らなければならない坂道もあるかもしれない。
しかしその先にも、あの日時計のある明るい峠があることを
忘れないでいようと思う。
そしてこれからは、今まで歩いて来た道も、
これから歩いていこうとする道も見渡すことができるだろう。

Chapter 2

花に描かせてもらおう

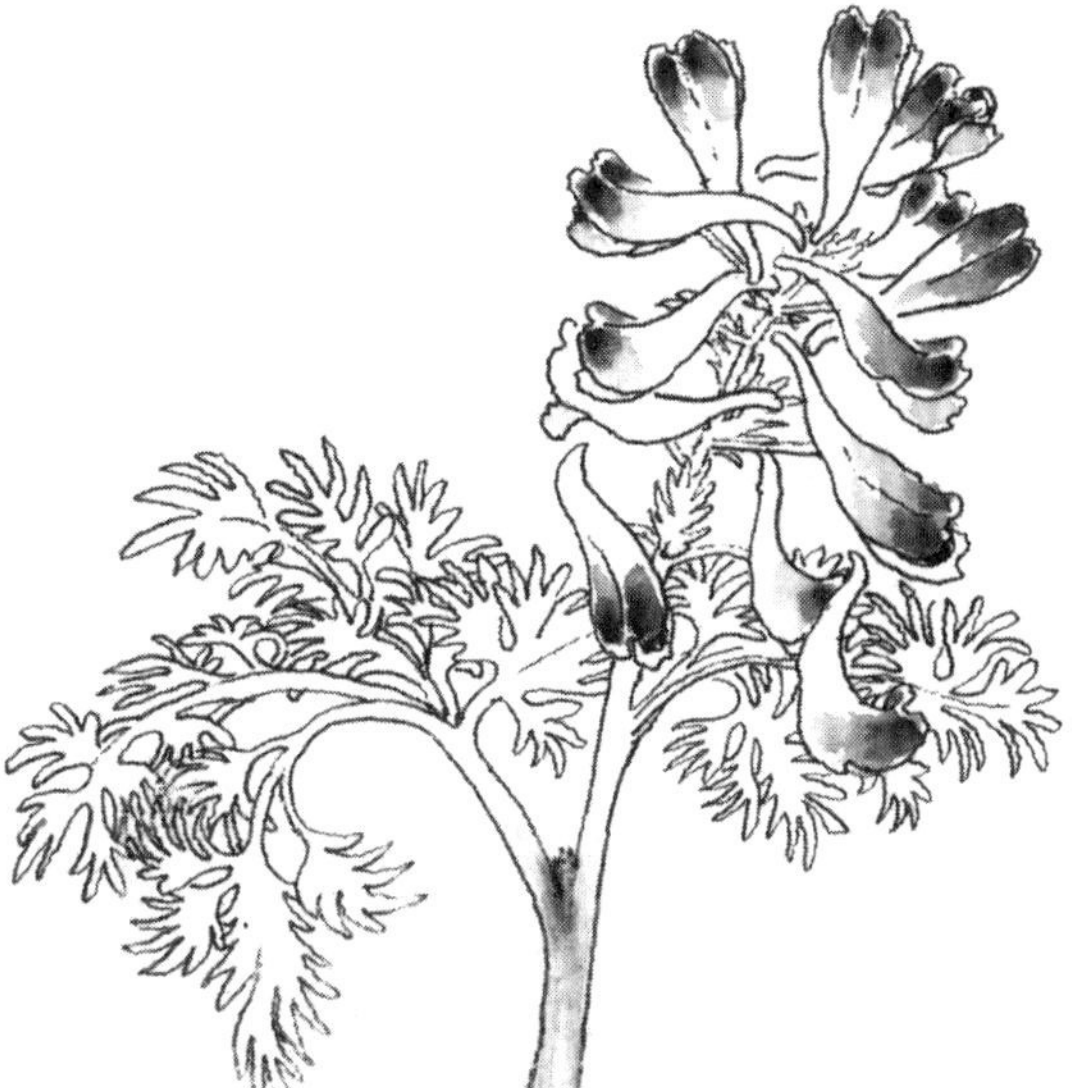
花から
とりのぞける
ものはない
花に
付け加えられる
ものもない

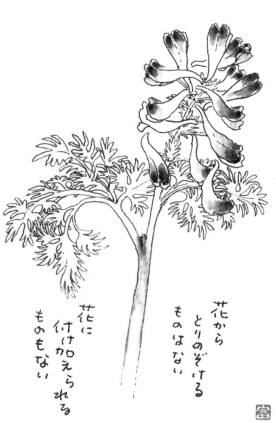

構図だとか色の使い方だとかは知らないけれど、
神様が創った自然の花なら、そのままでも
きっとすばらしい調和を持って咲いているはずである。

描くために花をよく見ていると、
どんな花でも、
色といい形といい大きさといい、
それらを創られた創造主の精緻な技と
センスの良さに驚かされるばかりだ。

私は絵に関しての知識はないけれど、
この自然の花をそのまま写してゆけば、
良い絵が描けると思った。

これで人を励ましてやろうという
高ぶった気持ちが湧いてくることもある。
そういう気持ちがちょっとでもあったときは、
それが消えるまで待つしかない。
消えないときは、いつまでも白紙のままです。

花を描いているようで、実は自分を描いているんですね。

虫食いの穴があったり、
汚れていたりしているのは、
まさに、自分の姿なんです。

下手でもいいじゃあないか。
どんなにのろくても、いいじゃあないか。
初めて吊り輪にぶら下がった時だって、
なんにもできなかったではないか……。

その夜、高熱が出てしまった。
しかし、あすが楽しみだった。
あすになればまた字が書ける。
あすはもっと落ちついて
ゆっくり書いてみよう。

下手な字と絵なのに、
みんながすごくほめてくれて、
うれしかったなあ。
ますますやる気になって、どんどん描いた。

自分の気持ちより
花のほうを優先させて描くと、
描きあがった時、
やっぱりいいんです。

描いていくうちに、花はますます美しくなり、
描き終わった時は、
その美しい花と友達になったような気がしました。

私が心の悲しみを書くと、
それが安易に体の不自由と結びつけられてしまい、
正確に受け止めてもらえないのではないか……。

あれも描きたい、
これも描いてみたいという誘惑から、
一輪の花と静かに向き合うことを
教えられたのです。

口で書こうが、足で書こうが、
美しいものを美しいと感じられる心さえ丈夫なら、
自分にも絵が描ける、文章だって書ける。

口で字を書くことを諦めるのは、
唯一の望みを棄てることであり、
生きることを諦めることでも
あるような気がした。

（花は）病室で長く置いておくと、
だんだん下に垂れてきたり、古い花びらになってきます。
そうなったほうがずっと良い絵になります。
そういう絵を描くようになってから、
人生観が変わりました。

絵を描くことだって、
知らない道を迷いながら歩くようなもの。
壁にぶつかり、どうしてよいかわからなくなったり。
けれど、そんなふうに
迷いながら描いた絵のほうが私は好きだ。

病院から一歩も出られない私だけれど、
体力と精神のかぎりをつくして書いた文字は、
文字というより、私の分身のような気がして、
それが汽車に乗り、
遠いところへ出かけて行くのだと思いながら書いた。

ふるえるくちびるで、
苦しみながら描いたものほど、
遠くに旅立っていったようだった。

考えてみれば、
生きているということにも締め切りがある。
その日がいつかはわからないが、
良い作品を残したいと思っている。

けがをして全く動けないままに、将来のこと、過ぎた日のことを思い、悩んでいた時、ふと、激流に流されながら、元いた岸に泳ぎ着こうともがいている自分の姿を見たような気がした。

そして思った。

「なにも、あそこに戻らなくてもいいんじゃないか……

流されている私に、今できるいちばんよいことをすればいいんだ」

私が自分の体を心配して
暗い気持ちになっていても、春がくれば、
木の芽がいっせいに芽ぶき、小さな雑草にも花が咲きます。

星野家の庭

幸せっていうのは、
過ぎてから
気づくことが多いようです。

過去の苦しみが
後になって楽しく思い出せるように、
人の心には仕掛けがしてあるようです。

Chapter 3

一緒に歩いてくれる人たち

ちかごろ
花をふたつ描くことが
多くなった

妻よ
ひとつは
おまえかも
しれないね

自分の結婚のことを考えるのはつらかったですね。
どうせだめだろう。でも、内心では
誰か現れるんじゃないかという期待も……。
体が動かないだけで、気持ちのほうは、
そんなに変わらないんですよ。

この人（妻）はそんなに面白い人じゃないんですよね。
ちょっと事務的でね。
だけど、すごい継続性というか、だんだん、
これはただ者ではないと思うようになってきた。
……この人を見ていると、
信仰がそんなふうにしてくれるんだなって思いました。

友達がうたってくれる讃美歌のなかで、
ケーキカットも、
指輪の交換もなく、けれど、
たくさんの花に囲まれて、
渡辺さんは私のお嫁さんになりました。

ふたりが見つめあって生活していくのには、
あまりにも、たいへんなことが多すぎます。
でも、ふたりが聖書という、
同じものを目標に歩んでいくのなら、
悲しみや苦しみの中にも、
神さまの愛を見つけることができるのです。

誰だって、ひとりで仕事をするより、
そばで見ていてくれる人がいたほうが、
張り合いがあるのにきまっています。
ましてその人が、
自分の愛する人であれば、なおさらです。

やっぱりおれは、
自分ひとりじゃ生きられないな、
ああ、生かされているんだなと思って、
また初心に戻れる。

全くの他人の私を、
自分の体のように思ってくれる
Ｙさんの背中を見送りながら、
私は、自分の苦しみだけのために苦しみ、
生きることを諦めていた自分が、
はずかしくなってしまいました。

大きな山に登ることはできませんが、
手紙で励ましてくださいましたように、
人生の山、心の山に登る喜びを、
信仰を通して教えていただきました。

（Yさんへの手紙）

熱など測って何になるのか。
それよりも誰か、この寂しさを量って、
私を赤ん坊のように抱きしめてほしい。

こんな状態がいつまで続くのだろう。
期限つきならともかく、
あてもない旅に、
母を道づれにしてしまった。
小さな母は、いっそう
小さくなってしまったようだ。

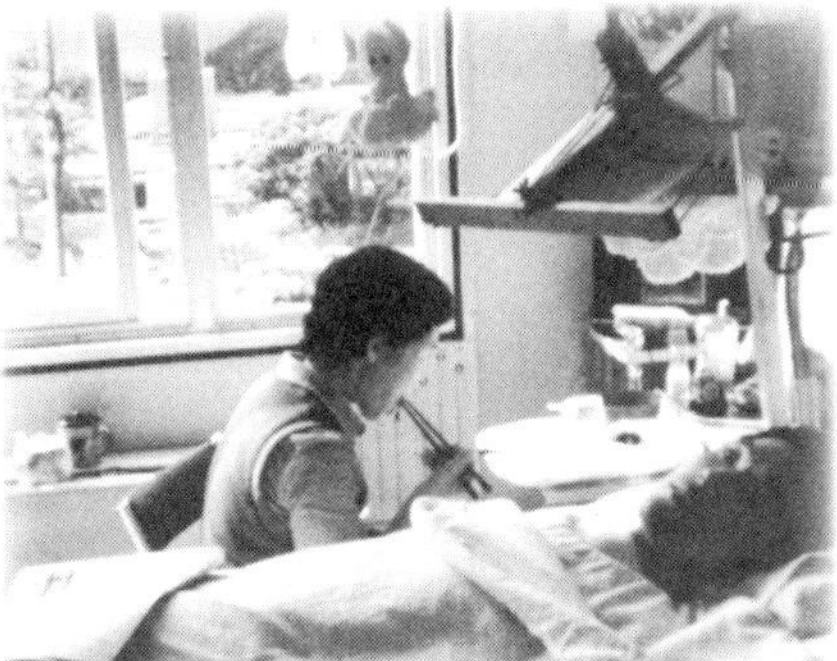

＊群馬大学病院
入院中に母と

もし私がけがをしなければ、
この愛に満ちた母に気づくことなく、
私は母をうす汚れたひとりの
百姓の女としてしか見られないままに、
一生を高慢な気持ちで過ごしてしまう
不幸な人間になってしまったかもしれなかった。

母の顔にご飯粒を吐きかけた私の、
顔のハエを母は手でそっとつかまえようとした。
私は思った。これが母なんだと。
私を産んでくれた、
たったひとりの母なんだと思った。
この母なくして、私は生きられないのだ……

父も母も貧乏だった。でも、
なんてあたたかく育てられたのだろう。

父からもらったこのいのちを、
誠実に思いきり生きることが、
父への親孝行だと思っています。

いのちというのは、自分だけのものじゃなくて、
誰かのために使えてこそ、
ほんとうのいのちではないかと思いました。

人間に生き甲斐を与えてくれるのは、
自分のためだけでなく、
他人の幸福を祈れるようになること
ではないでしょうか。

どんなときでも人を信じ、
また信じられるということを、
忘れてはいけないと思いました。
そして、それが、私を
もっと生き生きとさせてくれる力になるのだと、
自分にいいきかせました。

絵も詩も少し欠けていたほうがいいような気がします。
欠けている者同士が一枚の画用紙の中に納まった時、
調和のとれた作品になるのです。
これは、私たちの家庭も社会も同じような気がします。
欠けていることを知っている者なら、
助け合うのは当然です。

たった一発、夜空に消えていく花火よりも、
五、六発続けて揚がる花火のほうが幸福に見えるように、
人も、わずらわしいこともあるけれど、
できれば肩を寄せ合って生きていくほうが、
満たされるのだと思った。

神様も障害者だからといって、特別割引はしてくれない。

むしろ、次々と難題を吹っかけて

楽しんでいるように感じる時もある。

しかし、私の登れないような坂道はなかった。

疲れた時は、手を差し伸べ、

一緒に歩いてくれる人が必ず現れた。

Chapter 4

自由な心で

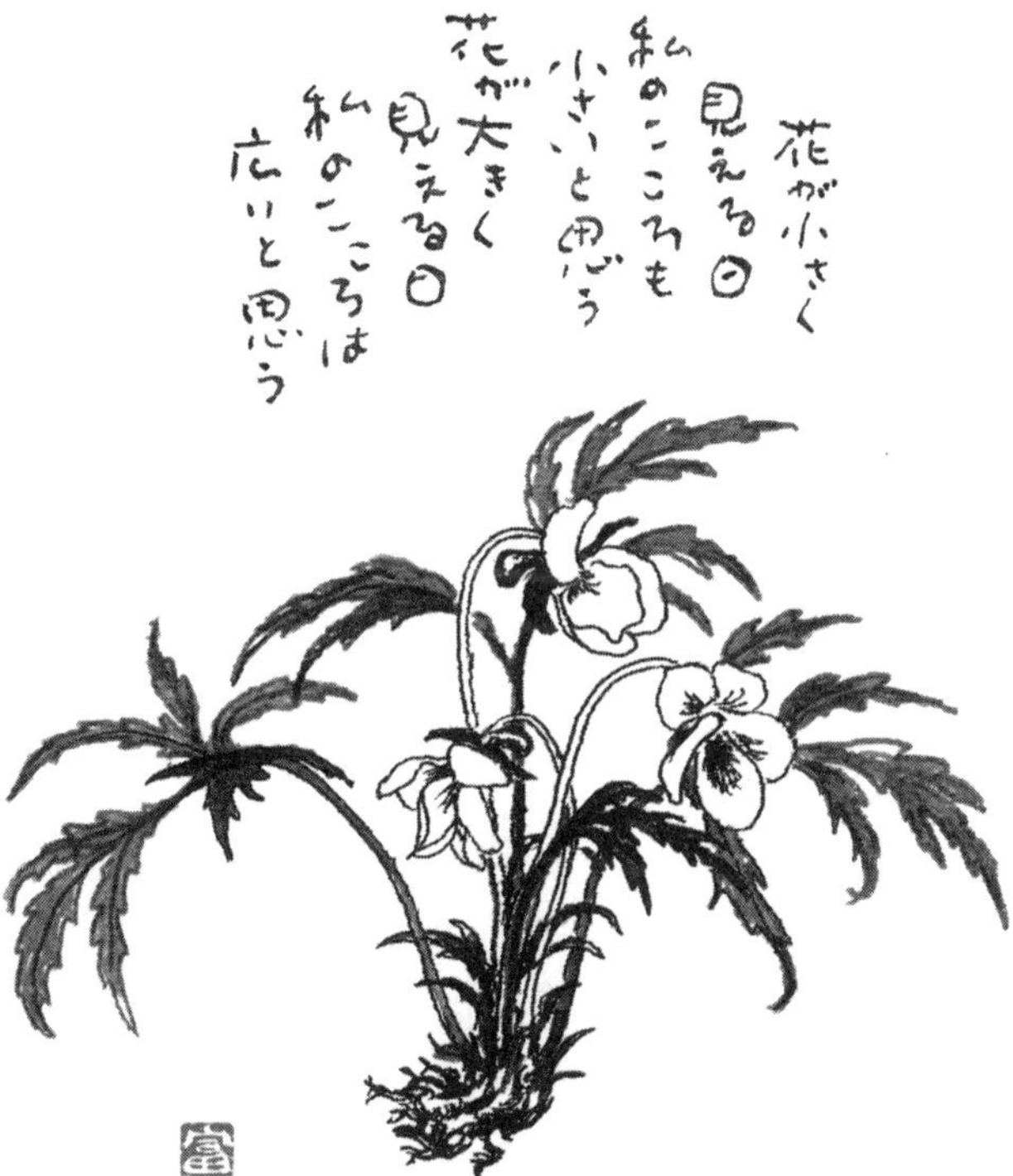
花が小さく
見える日
私のこころも
小さいと思う
花が大きく
見える日
私のこころは
広いと思う

今までに、死にたいと思ったことが何度もあった。
けがをした当時は、
なんとしても助かりたいと思ったのに、
人工呼吸器が取れ、助かるみこみが出てきたら、
今度は、死にたいと思うようになってしまった。

自分の未来に幸せはないだろう、
喜びもないだろうと思っていました。

うつろに天井を見ている「私」のままで、
一生を終えてしまうのだろうか。
息を吸い込むごとに、
淋しさが胸の中にはいってくるような気がした。

けがをしたことを、どんなに後悔しても、
動けない毎日が、どんなにいやだと思っても、
心臓は、時計の秒針が動くように、
けっして休むことなく、動き続けているのです。
自分の意志と関係なく、私の体は
ちゃんと生きているのです。

私がどんなに絶望しようが、
どんなに生きたくないと思おうが、
いのちっていうものが、一生懸命
生きようとしているのです。

私は動けないでいる。おそらくこれからも、
ずっと死ぬまで動けないだろう。
そして、動けないことを悲しみながら一生を終えても、
このめぐってくる季節に、何の変化があるだろうか。

舌を噛み切ったら
死ねるかもしれないと思った。
食事をしないで餓死しようともした。
が、はらがへって死にそうだった。
死にそうになると生きたいと思った。

私は些細《ささい》なことで腹を立て、人をうらんでいた。
自分の心の狭さを、恥ずかしいと思った。
自分が正しくもないのに人を許せない苦しみは、
手足の動かない苦しみをはるかに上回ってしまった。

「あいつは、ああいうやつなんだ」と
ほんのわずかしか知らないうちに決めつけてしまうことが、
なんと多いのだろう。
花の色が一日にして変化するのだから、
まして心を持っている人を見るとき、
自分のわずかな秤《はかり》で決めつけてしまうのなんて
まったく間違っていると思う。

私は悲しい心を持って生まれてしまったものだと思った。
周囲の人が不幸になったとき自分が幸福だと思い、
他人が幸福になれば、　自分が不幸になってしまう……
周囲に左右されない本当の幸福はないだろうか。

どんな冒険に立ち向かうことよりも、
自分をさらけ出すことのほうが、
ずっと勇気が必要なのではないかと思った。

私もあの花火のように、闇の中を思い切り走りたい。
花火のように高く上り、爆発したい。
大声で叫び、声の限り泣いて、
何も残さずに消えてしまいたいと思った。

自分の弱さを自ら認めたくなかったし、
他人にも知られたくなかった。
それは、強さという衣を着たに過ぎない私の
弱さそのものではなかったか。

人を羨んだり、憎んだり、許せなかったり。
そういうみにくい自分を、
忍耐強く赦してくれる神の前にひざまづきたかった。
人を許せたときに、いちばん平安を得るのは
自分なんだということに気づきました。

苦しみによって苦しみから救われ、
悲しみの穴をほじくっていたら
喜びが出てきた。
生きているって、おもしろいと思う。

人間の一生はどんな展開を見せるか、
本人はもちろん、誰にもわからない。
その事故をきっかけに、
私はそれまで腕が思い通りに動き、
二本の脚で自由に歩けたことが、
どんなにすごいことか気づかされた。

体には傷を受け、たしかに不自由ですが、
心はいつまでも不自由ではないのです。

体が不自由な人は、本当にかわいそうなんだろうか。
もし、かわいそうだとすれば、「かわいそうだ」と、
特別な目で見られながら
生活しなければならないことのほうが、
「かわいそう」なのではないだろうか。

いやだと思っていたものが、美しく見えるようになった。
それは、心の中に、宝物を持ったような喜びでもありました。

数を数えれば比べものにならないくらい、
けがをしてから得たもののほうが
多いのではないかと思います。

「それぱかりではなく、患難さえも喜んでいます。
それは、患難が忍耐を生み出し、忍耐が練られた品性を生み出し、
練られた品性が希望を生み出す……」
（この聖書のことばを読み）私のうす暗い明日に、
かすかな光がさし込んでくるような気がした。
今のこの苦しみは、苦しみだけに終わることなく、
豊かな人間性や希望につながっているというのである。

苦しい時に踏み出す一歩は心細いものだけれど、
その一歩の所に、くよくよしていた時には
想像もつかなかった新しい世界が
広がっていることがある。

幸せってなんだろう。
喜びってなんだろう。
ほんの少しだけれどわかったような気がした。
それはどんな境遇の中にも、
どんな悲惨な状態の中にもあるということが。

Chapter 5

生かされている不思議

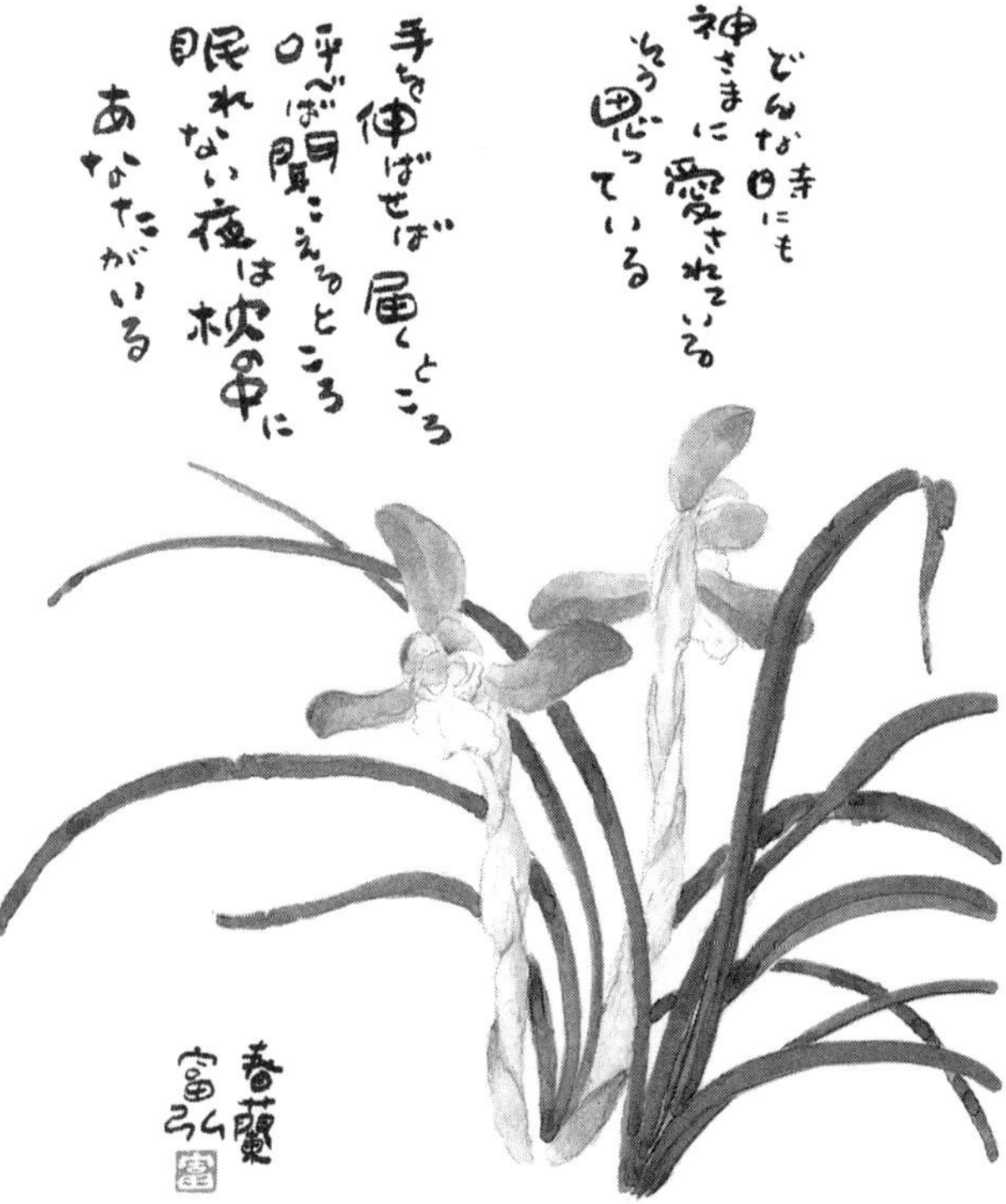

どんな時にも
神さまに愛されている
そう思っている
手を伸ばせば届くところ
呼べば聞こえるところ
眠れない夜は枕の中に
あなたがいる
春蘭
富弘

おれみたいな者が、なんでこんなに良くしてもらえるのか、
不思議なんですよね。よっぽど神さまはお人好しだ。

神さまというのは、時には遠回りをさせて、
いつの間にか味なことをされるなあと思いますね。

失われたところは、
いつまでも穴があきっぱなしではないのである。
穴を覆うために、人は知らず知らず、
失ったもの以上に、たくさんのものを、
そこにうめあわせる技を、神様から授かっている。

こんな頼りない私にも、
神さまは心というものを与え、自由に考え、判断し、
選びながら生きていくようにさせている。
心細いけれど、喜ぶべきではないだろうか。

希望や目標がないと、ただ、ふらふらと
彷徨う人生になってしまいます。
何か目標ができると、
苦しみやつらいことがあっても、
それ自体は試練にすぎなくなります。

神を知らない者が、
人間の力ではどうにもならない窮地に陥った時、
誰の名を呼んで助けを求めたらよいのでしょう。

苦しむ者は、苦しみの中から真実を見つける目が養われ、
動けない者には、動くものや変わりゆくものが
よく見えるようになり……
変わらない神の存在を信じるようになる。
十字架に架けられたキリストは、
動けない者の苦しみを知っておられるのだろう。

人生が二度あればなどと
考えるのはよそう。
今の人生を精一杯生きられない者が、
二度目の人生など、
生きられるはずがあるだろうか。

苦しい毎日だけれど、
生きるって案外よいものだと思いました。
人間も弱く淋しい生き物だけれど、
でも、どんなに弱くても、
生きていてよいのだと思いました。
生きなければいけないのだと知りました。

聖書の言うように本当に神がいるとすれば、
神様は私のような者でも、認めてくれているのである。
そしてこんな者にも、
役割を与えて何かをさせようとしている。

普通に考えたんでは、
「貧しい者は幸いです。悲しむ者は幸いです」
というのは変だなあと思うんだけど、それが実感として、
そうだ、そうなんだなと思えたとき、
なんかそのあたりから、
幸せが増えたような気がします。

聖書の中に書いてあるイエス・キリストという人が、
私を抱きあげて、私の言うことを、
やさしく聞いてくれるような気がしました。

私のような者でも、「信じています」と言えば、
神様はうなずいて、
天の真っ白い紙に私の名前を
書き入れてくれるのではないだろうか。

「父よ、彼らをお赦しください。
彼らは何をしているのか、自分でわからないのです」と、
十字架の上から言った、
清らかな人に従って、生きてみようと思った。

こういう自分でも生きていていいんだな。
生きて立派なことをする、いい仕事をする、
そういうことが人間にとっていちばん大切なことではなくて、
とにかくこの世に生を受けて生き続ける、
それを神さまに感謝して生きる、
そのことが非常に大事なことなんだ。
生きていること自体が、不思議で有り難いことなんだから。

どんな人間でも、どんな状態でも、
人は神様に必要とされている、
大事にされている。
聖書を読んでそう気づかされた時、
「生きていてほんとうによかった！」と
思いました。

私は、命が自分とは別に
キラキラと輝いているような気がした。
「俺は生きているんだ。命が続いているんだ」と、
叫びたくなるような感動がわきあがってくるのを
おさえることができなかった。

障害を持とうが持つまいが、
明日の心配はみんなするわけです。
誰もどうなるかわからないんだから。
それは明日を信じるか、
信じないかっていうことです。

たった一度しかない自分の人生ですから、社会がどうあろうと、
人が何と言おうと、そんなことにひるむことなく、
大切な自分の人生を、志を持って進んでいけたらいい。

生を受けた者に最も確実に約束されているのは、
死である。
私も遅かれ早かれ、必ずいつかは死ななければならない。
自殺を考えていた時は、神様の定めておいてくれる
本当の私の死から
逃げようとしていた時ではなかっただろうか。

神様を信じた人間が生きている。
その証しですから、生かされている毎日をただ描いていく。
自分がイエス様に生かされて生きているんだということ、
助けられたのだということを
描けたらいいなと思って描いているんです。
私のできることはこれなんだから、これでやっていこう、
そんな気持ちです。

いつかはわからないが、
神様が用意していてくれる
本当の私の死の時まで、
胸を張って、一生懸命生きよう。

あとがきにかえて

群馬大学病院に入院中、病室で親しくなった人が退院することになり、カメラを持っているという友人に記念写真を頼んだ。ところが何枚か撮っているうちフイルムが巻けなくなってしまい、友人は写真屋に見てもらうと言って帰っていった。

後日、友人は、「フイルムが終わっただけだった」と言った。この友人が現在、私の妻になっている人である。ＯＬをしていた頃に買ったカメラで、写真屋で一か月分の給料と同じくらいの支払いをした時は、指が震えたという。それにしてはフイルムの巻き戻しもできなかったようで、フイルムが終わるたびに写真屋に持って行き、新しいフイルムを入れてもらっていたというからすごい。

結婚してからは絵の参考に何度か花を写してもらったが、ほとんど役に立たなかった。オートフォーカスが出た頃、キャノンの一眼レフを買い、「これなら絶対だ」と妻に写してもらったが、やはり大部分が使えなかった。私も写真の知識は全然なかったのだから人のことは言えない。それで、仕事だと思って、写真の撮り方なる本を何冊も読み、何の事かわからなかった〈絞り優先〉とか〈マクロ撮影〉などという意味を初めて知った。

しかし、絵を描くのに使える写真が写せるようになったのは、デジタルカメラを使うようになってからである。妻の撮る四季折々の花の写真をパソコンに保存しておき、必要な時に印刷して絵を描く時の参考にしている。花は描いているわずかの間に、色もかたちも変わってしまい、一日で散ってしまうものさえある。デジタルカメラなら写しながら希望の構図が確認でき、何枚でも惜しみなく撮れる。拡大したり角度を変えたり、最近は有効に役立てている。

この本に載せたのはほんの一部である。もちろん素人の撮ったもので、絵を描く助けになるように写したものである。妻は、「本に載せて見ていただけるようなものではないので、心配で食事も喉を通らない」と言いながら、けっこうたくさん食べている。

大きな力になりながら、いつも私の創作の陰に隠れている妻と一緒に本を出すことができて、私もドキドキしている。

星野富弘

ことばの雫

神様からの答えを今も教えられる幸せ

星野昌子

「神を知らない者が、
人間の力ではどうにもならない窮地に陥った時、
誰の名を呼んで助けを求めたらよいのでしょう。」（九六頁）

二〇二四年四月二十八日。夫は天国に旅立ちました。

富弘さんが天に召され、ひとり静かにこの本を読んでいると、精神的にも肉体的にもほんとうにたいへんな中におかれ、神様に祈って祈って答えを与えられたことを、富弘さんはこの本の中に書きとめておいてくれたのだと思いました。

これらのことばは、若い時に大けがをし、苦難の中にあった富弘さんに与えられた、神様からの教えだったのだと思います。

富弘さんは結婚に際してこのようなことばを記しています。

「ふたりが見つめあって生活していくのには、
あまりにも、たいへんなことが多すぎます。
でも、ふたりが聖書という、
同じものを目標に歩んでいくのなら、
悲しみや苦しみの中にも、
神さまの愛を見つけることができるのです。」（五三頁）

私はその神様の答えを、この本を通して今もこうして教えられる幸せを感謝しています。

富弘さんの最後の入院生活の間、私はこの本を病室に持っていって読んでいました。もう話すこともできなくなってしまった富弘さんは、今、どんな思いでいるのかしらと想像しながらページをめくり、その生きてきた姿を見せられつつ一緒に過ごしました。

「神様を信じた人間が生きている。
その証しですから、生かされている毎日をただ描いていく。
自分がイエス様に生かされて生きているんだということ、
助けられたのだということを

描けたらいいなと思って描いているんです。
私のできることはこれなんだから、これでやっていこう、
そんな気持ちです。」（一一一頁）

フォレストブックス　星野富弘の本

新版・**銀色のあしあと**［作家・三浦綾子との対談］2004年［初版1988年］

いのちより大切なもの［詩画集］2012年

新版・**たった一度の人生だから**［医師・日野原重明との対談］2015年
［初版2006年］

あの時から空がかわった［詩画集］2016年 いのちのことば社

＊本書は、星野富弘著作および月刊「百万人の福音」から著者のことばを抜粋してフォレストブックスから2008年に刊行した『星野富弘ことばの雫（写真／星野昌子）』を編集・リニューアルしたものです。

富弘美術館 —— 常時、約100点の原画を展示

〒376-0302 群馬県みどり市東町草木 86
TEL.0277-95-6333　FAX.0277-95-6100
http://www.city.midori.gunma.jp/tomihiro/

新版　星野富弘　ことばの雫

二〇一六年十一月一日発行
二〇二五年五月一〇日三刷

［著　者］星野富弘
［本文写真］星野昌子
［企画・編集］熊田和子
［ブックデザイン］吉田ようこ
［発行］いのちのことば社フォレストブックス
〒一六四-〇〇〇一　東京都中野区中野二-一-五
編集　電話 〇三-五三四一-六九二四
　　　ファクス 〇三-五三四一-六九三二
営業　電話 〇三-五三四一-六九二〇
　　　ファクス 〇三-五三四一-六九二一
［印刷・製本］モリモト印刷株式会社

ISBN 978-4-264-04552-6 C0095